Serie Ciclos de vida

El ciclo de vida del escarabajo

Molly Aloian y Bobbie Kalman

Crabtree Publishing
crabtreebooks.com

Serie Ciclos de vida

Un libro de Bobbie Kalman

Dedicado por Molly Aloian
Para Susan, una persona bella y una amiga maravillosa.

Crabtree Publishing

crabtreebooks.com 800-387-7650

En Canadá: Agradecemos el apoyo económico del gobierno de Canadá a través del programa Book Publishing Industry Development Program (Programa de desarrollo de la industria editorial, BPIDP) para nuestras actividades editoriales.

Editora en jefe: Bobbie Kalman
Equipo de redacción: Molly Aloian, Bobbie Kalman
Editora de contenido: Kathryn Smithyman
Editoras: Amanda Bishop, Kelley MacAulay, Rebecca Sjonger
Director artístico: Robert MacGregor
Diseño: Margaret Amy Salter
Coordinación de producción: Heather Fitzpatrick
Investigación fotográfica: Crystal Sikkens
Consultora: Patricia Loesche, Ph.D., Programa sobre el comportamiento de animales, Departamento de Psicología, University of Washington

Hardcover 978-0-7787-8669-6
Paperback 978-0-7787-8715-0
Ebook (pdf) 978-1-4271-7255-6

Printed in Canada/062024/CPC20240604

Library and Archives Canada Cataloguing in Publication
Aloian, Molly
El ciclo de vida del escarabajo / Molly Aloian & Bobbie Kalman.

(Serie ciclos de vida)
Includes index.
Translation of: The life cycle of a beetle.
ISBN-13: 978-0-7787-8669-6 (bound)
ISBN-13: 978-0-7787-8715-0 (pbk.)
ISBN-10: 0-7787-8669-2 (bound)
ISBN-10: 0-7787-8715-X (pbk.)

1. Beetles--Life cycles--Juvenile literature. I. Kalman, Bobbie, 1947- II. Title. III. Series.

QL576.2.A4618 2006 j595.76 C2006-904515-1

Publicado en Canadá
Crabtree Publishing
616 Welland Avenue
St. Catharines, Ontario
L2M 5V6

Publicado en los Estados Unidos
Crabtree Publishing
347 Fifth Avenue
Suite 1402-145
New York, NY 10016

Fotografías:
© Dwight R. Kuhn: página 26 (derecha)
Robert McCaw: páginas 3, 6, 13 (izquierda), 14, 16, 18, 20, 22 (derecha), 23, 29 (parte inferior), 30, 31
Allen Blake Sheldon: páginas 1, 8 (parte superior), 26 (izquierda), 27, 29 (parte superior)
Tom Stack & Associates: Joe McDonald: página 10 (parte superior)
Visuals Unlimited: Ken Lucas: páginas 8 (parte inferior), 28; Sylvan H. Wittwer: página 11 (parte superior); Bill Beatty: páginas 11 (parte inferior), 12, 15, 22 (izquierda), 24, 25 (parte superior); Tom Edwards: página 13 (derecha); Jerome Wexler: página 17; Science VU: páginas 19, 25 (parte inferior); Jeff J. Daly: página 21 (parte superior)
Otras imágenes de Digital Stock y Digital Vision

Ilustraciones:
Barbara Bedell: portada, logotipo de la serie, borde (mariquita), páginas 5 (escarabajo molinero), 6, 7 (hormiga), 9, 16, 27 (parte inferior)
Margaret Amy Salter: página 7 (mariposa y saltamontes) Bonna Rouse: contraportada, borde (a excepción de la mariquita), páginas 4, 5 (a excepción del escarabajo molinero), 7 (parte superior), 27 (parte superior), 31
Tiffany Wybouw: página 7 (avispa)

Library of Congress Cataloging-in-Publication Data
Aloian, Molly.
[Life cycle of a beetle. Spanish]
El ciclo de vida del escarabajo / written by Molly Aloian & Bobbie Kalman.
p. cm. -- (Ciclos de vida)
ISBN-13: 978-0-7787-8669-6 (rlb)
ISBN-10: 0-7787-8669-2 (rlb)
ISBN-13: 978-0-7787-8715-0 (pb)
ISBN-10: 0-7787-8715-X (pb)
1. Beetles--Life cycles--Juvenile literature. I. Kalman, Bobbie. II.Title. III. Series.
QL576.2.A5818 2006
595.76--dc22

2006024920
LC

Contenido

Montones de escarabajos

Los escarabajos han vivido en la Tierra durante más de 250 millones de años. Se les puede encontrar en todas partes del mundo, excepto en la Antártida. Viven en desiertos, bosques tropicales, montañas y bajo tierra. ¡Algunos hasta viven en el agua! Hay por lo menos 350,000 **especies** o tipos de escarabajos diferentes en la Tierra. Cada año, los científicos descubren miles de especies nuevas. Los hay de muchos tamaños, formas y colores. Algunos miden más de seis pulgadas (15 cm) de longitud, mientras que otros miden menos de un cuarto de pulgada (6.4 mm).

escarabajo rinoceronte

escarabajo de cuernos largos

escarabajos buceadores

Trichiotinus piger

escarabajo joya

gorgojos

escarabajo molinero

escarabajo tigre

cascarudo del duraznero

cascarudo del duraznero volando

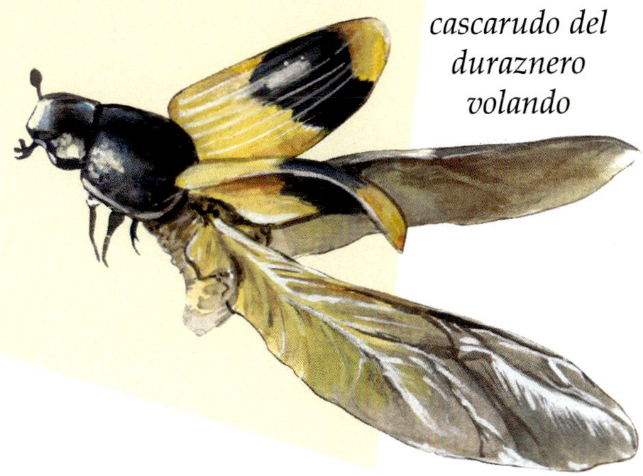

¿Qué son los escarabajos?

Este Chrysochus auratus tiene un exoesqueleto brillante que puede parecer azul, verde o cobrizo.

Los escarabajos son **insectos**. Son animales pequeños de seis patas, cuyo cuerpo está dividido en tres partes. Como todos los insectos, los escarabajos son **artrópodos**. La palabra "artrópodo" significa "patas con bisagras". Todos los artrópodos tienen articulaciones que se doblan. Son **invertebrados**, es decir que no tienen columna vertebral. En cambio, tienen una cubierta dura llamada **exoesqueleto**.

Los insectos

Algunos insectos tienen alas y la mayoría de los escarabajos las tienen. También tienen dos órganos sensoriales llamados **antenas**. Los escarabajos las usan para sentir, oler, saborear y percibir el movimiento. ¡Las antenas de algunos escarabajos son casi tres veces más largas que su cuerpo!

El cuerpo de los escarabajos

El escarabajo tiene los ojos, las antenas y las mandíbulas o **aparato bucal** en la cabeza. Las alas y patas están en el **tórax**. El escarabajo usa las patas para caminar, correr y cavar. Algunos escarabajos también las usan para nadar, saltar o aterrizar. Los **órganos** de los escarabajos están dentro del **abdomen**, protegidos por el exoesqueleto.

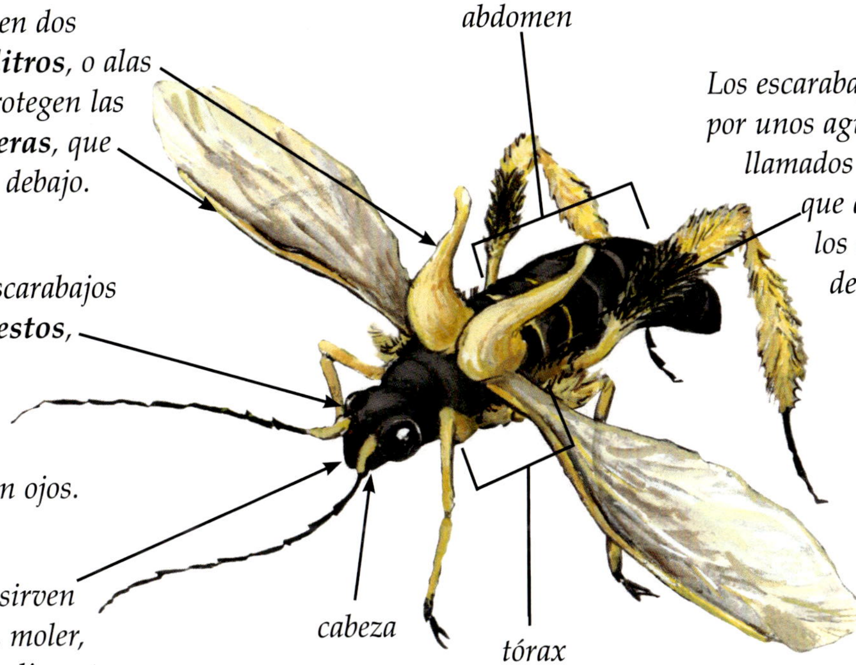

Los parientes de los escarabajos

Los escarabajos están emparentados con otros insectos, como las hormigas, las mariposas, los saltamontes, las moscas y las avispas. El cuerpo de todos los insectos tiene las mismas partes básicas: cabeza, abdomen y tórax. El tórax del escarabajo está formado por dos partes, mientras que el de otros insectos está formado por una sola.

¿Qué es un ciclo de vida?

Hay cerca de 2,800 especies distintas de escarabajos reticulados.

Los escarabajos molineros se mueven lentamente y no vuelan.

Todos los animales pasan por un **ciclo de vida**. El ciclo de vida está formado por **etapas** o cambios en la vida del animal. Primero, nace o sale de un huevo. Luego cambia y crece hasta que se convierte en adulto. Cuando es adulto, puede **aparearse** o juntarse para tener crías. Cuando un adulto tiene crías, un nuevo ciclo de vida comienza. Todos los escarabajos pasan por estas etapas durante su ciclo de vida. Según su **período de vida**, algunos pasan por las etapas más rápidamente que otros.

Período de vida

El período de vida de un animal es el tiempo en que está vivo. Los distintos tipos de escarabajos tienen períodos de vida diferentes. Algunos viven apenas un mes, mientras que otros, como ciertos escarabajos de cuernos largos, viven hasta 30 años. Estos escarabajos pasan por su ciclo de vida mucho más lentamente que los otros.

El ciclo de vida del escarabajo

Todos los escarabajos comienzan su vida dentro de un huevo. Cuando sale del huevo, la cría se llama **larva**. En cuanto sale del huevo, empieza a comer. Mientras come y crece, tiene **mudas** o cambios de piel. Cuando la larva ha terminado de crecer, fabrica una cubierta dura y protectora a su alrededor. Ahora es una **pupa**. La pupa no se parece al escarabajo adulto. Su cuerpo sufre una serie de cambios en esta etapa. Estos cambios se llaman **metamorfosis**. En cuanto el cuerpo de la pupa completa los cambios, la cubierta se abre y sale el escarabajo adulto. Un escarabajo adulto hembra puede poner huevos. Con cada huevo comienza un nuevo ciclo de vida.

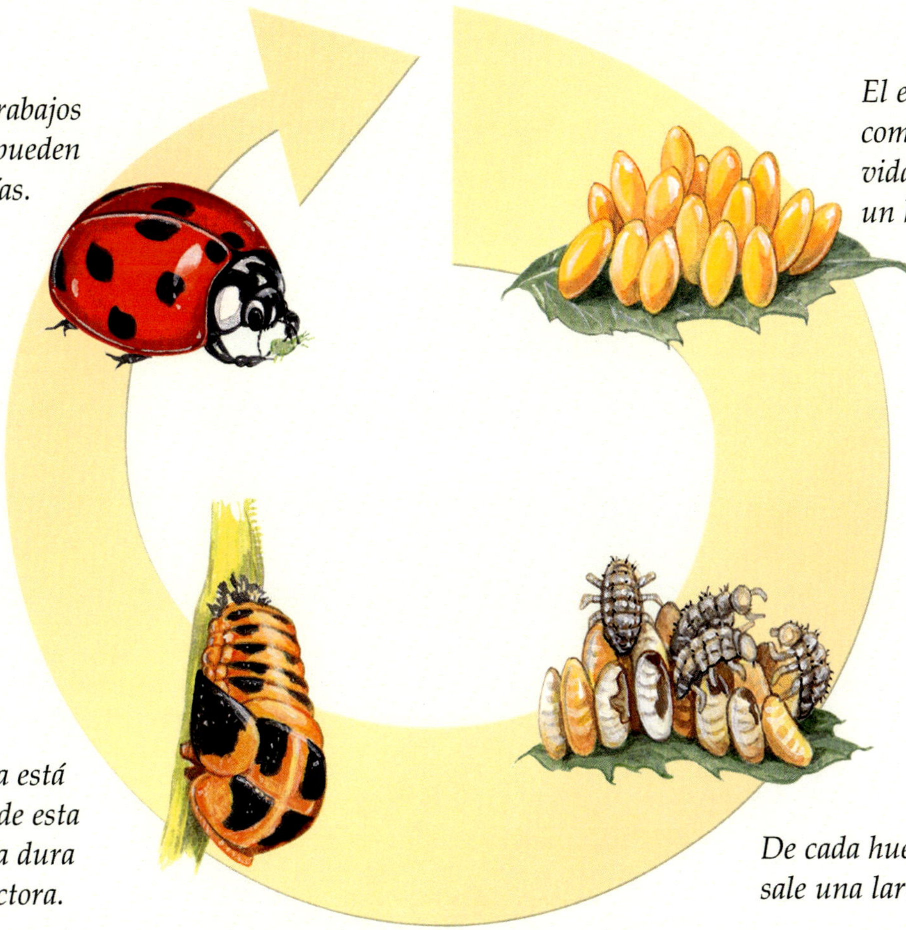

Los escarabajos adultos pueden tener crías.

El escarabajo comienza su vida dentro de un huevo.

De cada huevo sale una larva.

La pupa está dentro de esta cubierta dura y protectora.

El ciclo comienza

El escarabajo estercolero forma bolas apretadas con excremento de animales. Las hembras ponen los huevos dentro de las bolas. Las larvas comienzan a alimentarse del excremento en cuanto salen del huevo.

Algunos huevos, como los de la mariquita, están cubiertos por una capa pegajosa. Esta capa los protege y les permite quedarse pegados a distintas superficies, como hojas o tallos.

Casi todas las hembras adultas son **ovíparas**, lo cual quiere decir que ponen huevos. Muchos escarabajos comienzan a poner huevos en primavera o verano. Algunos ponen miles de huevos a la vez, mientras que otros sólo ponen unos cuantos.

Todo sobre los huevos

Todos los huevos de escarabajo son diminutos. La mayoría de los huevos son blancos o amarillos claros, blandos, lisos y ovalados. Muchos escarabajos los ponen en racimos o grupos.

Dónde poner los huevos

Antes de poner los huevos, la hembra debe encontrar un lugar seguro y protegido. Hay que esconder los huevos de los depredadores, que son los animales que se alimentan de ellos. También hay que ponerlos cerca de una fuente de alimento para que las larvas tengan suficiente comida cuando salgan.

Vivir de la yema

Cada huevo contiene un **embrión** o cría en desarrollo y una gran cantidad de **yema**. La yema suministra los **nutrientes** para el embrión mientras éste se desarrolla. El embrión sale del huevo cuando ya no cabe en él.

Algunos escarabajos ponen los huevos dentro del tallo de las plantas o en los pliegues de las hojas.

Guardar los huevos

Algunos escarabajos hembras no ponen huevos, sino que los guardan dentro del cuerpo. Cuando los huevos están listos, se abren y las larvas emergen o salen del cuerpo de la madre.

Sanos y salvos

La mayoría de los escarabajos no cuidan a los huevos, pero los protegen de otras maneras. Los escarabajos carroñeros y ciertos escarabajos estercoleros ponen huevos en madrigueras para ocultarlos y protegerlos de los depredadores. Los escarabajos carroñeros acuáticos suelen poner los huevos en capullos de seda que fijan a plantas acuáticas. El escarabajo de la papa, que ves a la derecha, pega los huevos en la parte inferior de las hojas para que los depredadores no los vean.

Y de repente sale

Después de una o dos semanas dentro del huevo, la mayoría de las larvas están listas para nacer. Todos los huevos de un racimo se abren casi al mismo tiempo.

Salir del huevo

Las larvas rompen el cascarón con sus poderosas mandíbulas. Algunas tienen **espinas** o púas especiales en la cabeza o el abdomen, que también usan para romper el cascarón.

Larvas diferentes

Las larvas de distintos escarabajos tienen diversas formas, longitud y colores. Algunas tienen cuerpo gordo y curvo, mientras que otras son largas y delgadas. Las larvas pueden ser de color blanco pálido o marrón oscuro. Pueden tener pelo o no. Por lo general no tienen alas ni élitros, pero la mayoría de las especies tienen antenas, aparato bucal y patas. Algunas corren rápidamente, mientras que otras se mueven lentamente.

Algunos escarabajos permanecen en estado de larva varias semanas. Muchas larvas, como ésta de mariquita, son larvas durante cerca de diez días solamente.

Comida para larvas

Las larvas comienzan a comer en cuanto salen del huevo. ¡De hecho, pasan casi todo el tiempo comiendo! Lo que comen depende de dónde viven. Las que viven en la tierra se alimentan de raíces, savia y madera podrida. El escarabajo *Oncideres cingulatus* vive en la madera y la come mientras construye túneles a través de ella. Otras larvas comen **áfidos**, ramitas, hojas, insectos o animales muertos, y hasta excremento de animales.

Las larvas del escarabajo taladrador usan sus fuertes mandíbulas para ***taladrar****, o cavar, en la madera muerta o casi muerta de árboles y arbustos.*

Les queda chica la piel

Mientras las larvas comen sin parar, su cuerpo crece. Sin embargo, la piel no lo hace. Se vuelve tan ajustada que la larva debe tener una muda. Después de la muda, la larva crece y le sale una piel más grande. La etapa de crecimiento entre cada muda se llama **fase**. La mayoría de las larvas mudan tres veces, pero otras lo hacen hasta 29 veces.

La mayoría de las larvas del escarabajo mexicano del frijol tienen cuatro mudas. Entre una muda y otra se comen las hojas y flores de las plantas de frijoles.

La etapa de pupa

Cuando la larva ha terminado de crecer, comienza a prepararse para la siguiente etapa de su ciclo de vida: la etapa de pupa. Algunas comienzan esta etapa en verano. Las que viven en regiones que tienen **clima** frío se convierten en pupas a fines de otoño y permanecen en este estado durante el frío invierno.

¡No te despegues!

Algunas larvas buscan hojas, tallos, ramas o árboles para ocultarse durante la etapa de pupa. Después de encontrar un lugar resguardado, se sujetan a la superficie de una planta.

Hacer el capullo

Cuando la larva está bien fija, tiene la última muda. Su nueva piel se va endureciendo poco a poco, y comienza a fabricar una cubierta dura con material de su cuerpo o de los alrededores.

Las pupas de las mariquitas son casi tan grandes como las mariquitas adultas, pero no se les parecen.

A cavar

Algunas larvas no se sujetan de hojas o tallos, sino que construyen celdas o capullos bien ocultos y resguardados, hechos de tierra o de excrementos de animales. Algunas hacen madrigueras subterráneas o túneles bajo las piedras. Muchos tipos de larvas de escarabajos acuáticos se encierran dentro de cámaras pequeñas y protegidas, hechas de lodo. Dentro de las celdas, madrigueras o cámaras, las pupas conservan el calor, están a salvo de los depredadores y tienen la humedad que necesitan para crecer y cambiar.

La mayoría de las larvas de libélula de Pensilvania se convierten en pupa en otoño y permanecen en ese estado hasta la primavera. Esta pupa ha encontrado un lugar seguro entre unas piedras.

Forma cambiante

En el capullo, la pupa se convierte en escarabajo adulto. En este tiempo, permanece muy quieta y no come. Su cuerpo está atravesando la metamorfosis. Está cambiando de una forma a otra.

Alas, músculos y más

En esta etapa se desarrollan las alas y élitros de la pupa. Si la pupa es de un escarabajo que vuela, le crecen los músculos necesarios. También desarrolla los órganos que usará para aparearse con otros escarabajos. Además, en esta etapa el exoesqueleto del escarabajo se endurece.

(arriba) La mariquita asiática multicolor que ves en el medio ha finalizado la metamorfosis. Ahora ya es adulta. Las pupas que están a ambos lados todavía no han terminado la metamorfosis.

¡Sáquenme de aquí!

Muchas pupas terminan la metamorfosis en primavera o verano, cuando hay lluvia y sol suficientes. La cubierta del escarabajo se abre, y éste sale como adulto totalmente formado.

Cortar para salir

Algunos adultos deben usar sus fuertes mandíbulas para cortar la cubierta y salir de la madriguera o la celda. Otros tienen aparatos bucales largos y filosos que les sirven para cortar el capullo. Estos órganos especiales se caen poco después de que los adultos emergen.

La mayoría de los escarabajos adultos comienzan a buscar alimento en cuanto salen de la cubierta.

La mayoría de los gorgojos permanecen en la etapa de pupa entre diez y dieciséis días. Algunos escarabajos permanecen en este estado hasta nueve meses.

Adulto por fin

El escarabajo se convierte en adulto cuando deja de crecer y puede tener cría. Muchos son adultos en pocas semanas después de salir del huevo. Otros se pueden demorar meses o años. Algunas especies de escarabajos pasan más tiempo como larvas que como adultos. Ciertos ciervos volantes pueden permanecer en estado de larva hasta cinco años, pero sólo viven cerca de cinco meses como adultos.

El escarabajo Cicindela sexguttata vive en jardines y bosques. Corre rápidamente y vuela bien. Al igual que los demás escarabajos tigre, también es un cazador feroz.

Macho y hembra

Es difícil distinguir entre escarabajos machos y hembras, pero existen algunas leves diferencias. La hembra del escarabajo de tierra y del de cuernos largos es más grande que el macho. El macho del ciervo volante, que ves abajo, tiene mandíbulas más grandes que las de las hembras. Aunque las mandíbulas de las hembras son más pequeñas, son más fuertes y filosas que las de los machos.

Dos ciervos volantes machos a veces se pelean para aparearse con una hembra.

En busca de pareja

La mayoría de los escarabajos adultos son **solitarios**. Cuando es hora de aparearse, los machos y las hembras de la misma especie se buscan. La mayoría se aparea al comienzo de la primavera, pero algunos lo hacen en otoño.

Sonidos y aromas

Los escarabajos tienen distintas maneras de buscar **pareja**. Algunos producen sonidos frotando partes del cuerpo o golpeando el abdomen contra el suelo.

Las hembras suelen liberar al aire sustancias químicas llamadas **feromonas**. Con las antenas, los machos siguen el rastro de las feromonas y, finalmente, encuentran a las hembras. La producción de sonidos y aromas les sirve a los escarabajos para encontrarse cuando están lejos unos de otros.

Las largas antenas les sirven a los escarabajos para encontrar pareja al detectar las feromonas de otros escarabajos.

Enciéndete

Algunos escarabajos, como las luciérnagas y los cocuyos, usan luz para encontrar pareja. Son **bioluminiscentes**, es decir, capaces de producir luz con sus órganos. Usan esos órganos para crear destellos de luz o brillo fijo. Cada tipo de escarabajo bioluminiscente tiene un patrón de brillo distinto.

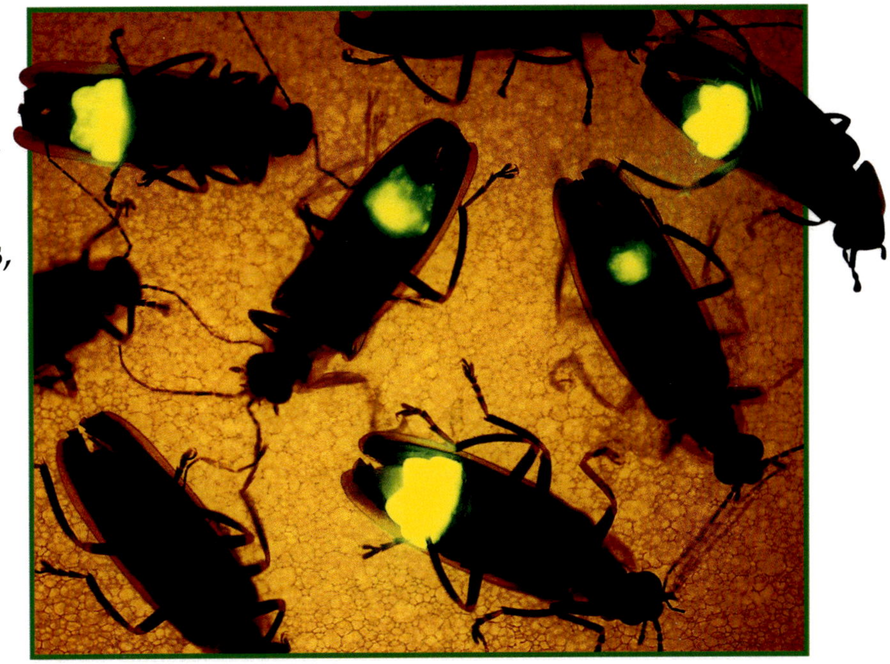

Estas luciérnagas macho están emitiendo destellos según patrones especiales y esperan que las hembras les contesten de la misma forma.

Fertilizar los huevos

Las hembras producen los huevos dentro del cuerpo. El macho y la hembra se aparean para que el macho pueda **fertilizar** los huevos de la hembra con un líquido llamado **esperma**. El esperma fertiliza los huevos para que crezcan larvas dentro de ellos. Las hembras suelen aparearse sólo una vez. Reciben suficiente esperma para fertilizar todos sus huevos. Las hembras de la mayoría de las especies tienen **espermatecas**, que son órganos para guardar el esperma. Cada huevo se fertiliza cuando pasa por la espermateca mientras sale del cuerpo de la madre.

En la tierra y en el agua

Los escarabajos adultos viven en muchos **hábitats**. Un hábitat es el lugar natural en el que vive un animal. Los escarabajos sólo viven en lugares en los que pueden encontrar alimento.

Bajo tierra

Muchos escarabajos, incluidos los de tierra, viven en la hierba, en el suelo del bosque, entre las piedras, debajo de los troncos y a la orilla de lagos, ríos o arroyos. Incluso pueden vivir enterrados en el lodo o la tierra.

La mayoría de los escarabajos de tierra se ocultan bajo las hojas o entre las ramitas durante el día y salen de noche a comer.

En plantas y árboles

Los escarabajos de cuernos largos, los de las hojas y los de corteza son algunas de las especies que viven en árboles, y en hojas y tallos de plantas. Los de corteza viven en árboles débiles, que están muriendo, o que han sido cortados recientemente. Viven y se alimentan bajo la corteza.

El escarabajo Chrysochus auratus se alimenta de plantas de algodoncillo y mataperros.

En el agua

Algunos escarabajos viven en lagos, ríos, lagunas y arroyos. Para respirar, atrapan una burbuja de aire bajo los élitros y se la llevan bajo el agua. Cuando se quedan sin aire, vuelven a la superficie para buscar más. Algunos escarabajos acuáticos tienen patas aplanadas, que parecen paletas, y les sirven para moverse y nadar en el agua. Los escarabajos buzos nadan moviendo las patas una por una, como si estuvieran corriendo bajo el agua.

Los escarabajos Gyrinus substriatus van por la superficie del agua o nadan juntos en grupos grandes. Suelen comer insectos que caen al agua.

Hora de comer

La mayoría de los escarabajos son **herbívoros**, es decir, comen plantas. Algunos son **carnívoros**. Estos escarabajos se alimentan de otros insectos, como moscas y avispas. Otros escarabajos son **carroñeros**; se alimentan de plantas y animales muertos o en descomposición.

Los escarabajos tigre usan sus patas rápidas para perseguir a la presa y la capturan con sus filosas mandíbulas. Otros depredadores simplemente esperan a que la presa se acerque lo suficiente para atraparla.

¡Hojas, madera y más!

Los herbívoros comen hojas, flores, semillas, raíces, tallos, corteza y madera. Algunos se alimentan de **néctar** o **polen**. Cuando estos escarabajos comen, dispersan el polen de una flor a otra. Eso ayuda a que las plantas produzcan nuevas semillas.

Perseguir el alimento

Muchos depredadores corren rápidamente y son buenos trepadores. Estas aptitudes les ayudan a perseguir y atrapar a la **presa**, es decir, a los animales que se van a comer. Los escarabajos depredadores pueden atrapar fácilmente presas que se mueven lentamente, como caracoles o babosas. Algunos tipos de escarabajos de tierra son **omnívoros**. Los omnívoros se alimentan tanto de plantas como de animales.

La comida

Los escarabajos depredadores se comen a la presa de distintas maneras. Muchos usan las mandíbulas como tijeras para cortar el alimento en trozos pequeños. Algunos aplastan a la presa y luego chupan los órganos internos. Otros usan jugos especiales para **disolver** las partes blandas del cuerpo de la presa y convertirlas en líquido. Después, la chupan.

Este escarabajo ha capturado a una mosca. También se alimenta de hormigas, grillos y orugas.

Limpieza

Los escarabajos estercoleros y los enterradores son carroñeros. Algunos escarabajos estercoleros recolectan estiércol y arman bolas del mismo antes de comérselo. Otros se alimentan de excrementos en el lugar en que éstos se encuentren. Los escarabajos enterradores buscan animales muertos, como ratas o ratones, y los entierran. Se alimentan de carroña. Al comer excremento y **carroña**, los escarabajos estercoleros y enterradores contribuyen a limpiar las zonas naturales.

Las defensas de los escarabajos

Varios animales, como las arañas, las aves, los lagartos, los **mamíferos** pequeños e incluso otros insectos, atrapan y se comen a los escarabajos. Los escarabajos tienen muchas formas de defenderse de estos depredadores. Una manera de evitarlos es no estar a la vista. Al ser pequeños, es fácil esconderse.

Cuando se acerca un depredador, la mayoría de los escarabajos, incluido el cocuyo de la foto, se quedan muy quietos o caen al suelo como si estuvieran muertos.

Pasar desapercibidos

Muchos escarabajos se defienden usando **camuflaje**. Algunos tienen colores que se confunden con la corteza sobre la que caminan y se alimentan. Los escarabajos casida verdes, por ejemplo, se mezclan con las hojas verdes de árboles o flores. Otros tienen dibujos o texturas en su exoesqueleto que se asemejan a excrementos de lagarto o de ave. Estos dibujos les sirven para permanecer ocultos en cualquier tipo de hoja o rama.

Copiones

Para ocultarse, algunos escarabajos **imitan** a escarabajos de mal sabor o a otros insectos que pican. Ciertos tipos de escarabajos se parecen a las luciérnagas, que tienen muy mal sabor para las aves y otros depredadores. Algunos tipos de escarabajos de cuernos largos parecen avispas, que pueden picar a los depredadores. Es probable que los depredadores no los molesten.

Al lucir y volar como una avispa, el escarabajo de cuernos largos puede evitar a los depredadores, aunque no tenga aguijón.

Defensas químicas

Algunos escarabajos tienen sustancias químicas en el cuerpo que les sirven para **repeler** o alejar a los depredadores. El escarabajo bombardero almacena dos sustancias químicas en cámaras separadas dentro de su cuerpo. Cuando las sustancias se combinan, se calientan y salen disparadas a alta presión del cuerpo del escarabajo en dirección a su enemigo. El chorro de sustancias químicas generalmente aturde al depredador lo suficiente para que el escarabajo escape sano y salvo.

Las cantáridas tienen sustancias químicas venenosas en la sangre. Si estas sustancias se liberan, causan ampollas en la piel de las personas y los animales.

Peligros que corren los escarabajos

Aunque hay cientos de miles de escarabajos en la Tierra, estos insectos todavía están en peligro. Los seres humanos son su mayor amenaza. Los escarabajos de todo el mundo están en riesgo de perder su hábitat. Como todos los animales, los escarabajos mueren cuando su hábitat natural se contamina. La contaminación de la tierra, el aire y el agua perjudica las regiones naturales en las que viven. Los seres humanos también despejan terrenos para cultivar y construir ciudades y fábricas. Esto destruye el hogar de muchos escarabajos. Sin lugar para vivir, alimentarse y reproducirse, los escarabajos no pueden continuar su ciclo de vida.

La tala de bosques

Los bosques albergan a miles de especies de escarabajos. ¡Muchas todavía no han sido descubiertas! Muchas empresas madereras y agrícolas están cortando y quemando los bosques a una velocidad alarmante. Cuando se tala un bosque, no vuelve a crecer. Los escarabajos que viven en los árboles, en el suelo del bosque y debajo de los troncos pierden su hábitat. Incluso podrían **extinguirse**, es decir, desaparecer de la faz de la Tierra.

Si se continúa talando los bosques, es posible que el ciervo volante y sus larvas no tengan madera en descomposición suficiente para refugiarse y alimentarse.

Uso de pesticidas

Los **pesticidas** son malos para muchos insectos, incluidos los escarabajos. Cuando las personas rocían las plantas y las cosechas con pesticidas para matar plagas como los áfidos y las moscas, también matan a los escarabajos. Los escarabajos también se ven amenazados por la **dispersión de los pesticidas**, que se produce cuando el viento transporta los pesticidas rociados en una zona a zonas que no se querían rociar. Cuando los pesticidas se dispersan, perjudican a los escarabajos de muchos lugares.

Cómo ayudar a los escarabajos

A muchas personas no les importan los escarabajos porque son muchos y muy pequeños. Algunos hasta les tienen miedo porque les parecen feos. Sin embargo, los escarabajos son importantes para el medio ambiente y para muchos otros animales. Varios animales, como las aves, los lagartos y los sapos, dependen de los escarabajos y sus larvas para alimentarse. Algunos escarabajos se alimentan de insectos, como áfidos y polillas gitanas, que son perjudiciales para las cosechas y los árboles ornamentales. Los que son carroñeros también son importantes porque se alimentan de plantas y animales muertos o en descomposición. Estos escarabajos ayudan a controlar la cantidad de desechos y carroña en la Tierra.

Escarabajos en peligro

Algunas especies de escarabajos, como el enterrador americano, el *Cicindela dorsalis dorsalis* y el *Batrisodes texanus*, están en **peligro de extinción**, es decir, en peligro de desaparecer. Personas en diversos países han formado grupos para proteger a éstas y otras especies de escarabajos en peligro. Estos grupos trabajan para proteger a los escarabajos y su hábitat a fin de que estos insectos puedan continuar viviendo en la Tierra.

Aprende más

Una manera importante de ayudar a los escarabajos es aprender más sobre ellos y lo importantes que son para el medio ambiente. Para averiguar más, puedes leer libros, ver videos y visitar sitios Web, como el que se menciona abajo.

- http://www.urbanext.uiuc.edu/espanol/kids.html

Haz clic en Hablemos de insectos

Glosario

Nota: Es posible que las palabras en negrita que están definidas en el libro no figuren en el glosario.

abdomen Parte trasera del cuerpo del escarabajo

áfido Insecto que come savia de las plantas

aparearse Juntarse para tener cría

camuflaje Colores o marcas que le permiten a un animal confundirse con su ambiente natural

carroña Carne de animales muertos o en descomposición

clima Estado del tiempo que es normal en una región; comprende la temperatura, la lluvia y el viento

disolver Convertir en líquido

esperma Líquido que contiene las células reproductoras masculinas que se unen al huevo de la hembra para formar una cría

fertilizar Agregar esperma a un huevo para que se pueda formar una cría

mamífero Animal de sangre caliente que tiene columna vertebral

néctar Líquido dulce de las flores

órgano Parte del cuerpo que cumple una tarea importante, por ejemplo, el pulmón

pesticida Producto químico que mata insectos

polen Sustancia en polvo que se encuentra en las flores

tórax Parte del cuerpo del escarabajo a la cual están unidas las patas y las alas

yema Parte del huevo de la que se alimenta un embrión en crecimiento

Índice